D1426266

**DE LA MÊME AUTEURE
AUX ÉDITIONS PIERRE TISSEYRE**

Collection Coccinelle

Le Père de Noëlle, 1991.

Coups durs pour une sorcière, 1992, finaliste au
    Prix du Gouverneur général du Canada pour
    le texte.

Collection Papillon

Marélie de la mer, 1993, prix littéraire
    Desjardins 1994. Traduit en anglais
    et en italien.

Ce n'est pas ma faute, 1994.

Le vrai père de Marélie, 1995.

Main dans la main, 1996.

Gloria, 1997.

**Catalogage avant publication
de Bibliothèque et Archives nationales du Québec
et Bibliothèque et Archives Canada**

Brousseau, Linda

    Marélie de la mer

    (Collection Papillon ; 165. Roman)
    Éd. originale : 1993.
    Pour les jeunes de 9 à 12 ans.

    ISBN 978-2-89633-158-1

    I. Franson. Leanne. II. Titre. III. Collection :
    Collection Papillon (Éditions Pierre Tisseyre) ; 165.

PS8553.R684M37 2010   jC843'.54   C2009-942598-X
PS9553.R684M37 2010

Marélie
de la mer

Tome I

roman

Linda Brousseau

ÉDITIONS
PIERRE TISSEYRE
www.tisseyre.ca

9300, boul. Henri-Bourassa Ouest, bureau 220
Saint-Laurent (Québec) H4S 1L5
Téléphone : 514-335-0777 – Télécopieur : 514-335-6723
Courriel : info@edtisseyre.ca

À *Liguori au cœur océan*

L'imagination est la reine du vrai.
Charles Baudelaire

1

Ma vraie
de vraie mère

Avant, je m'inventais des mamans dans ma tête. De vraies mamans avec des cheveux blonds tout frisés et des yeux bleu poudre pour aller avec.

Je les inventais parce que moi, Marélie, je n'en ai jamais eu. Et j'ai toujours trouvé ça injuste. Très, très injuste que ça n'arrive qu'aux AUTRES.

Maintenant, c'est différent. Plus besoin d'en inventer, puisque la semaine dernière, à l'autre bout de la planète, j'ai retrouvé ma mère. Ma vraie de vraie mère.

Quand c'est arrivé, j'avais déjà le cœur tout à l'envers. La veille, je venais de quitter les Langlois. Plus précisément la quinzième famille d'accueil où j'ai été placée, catapultée plutôt, depuis ma naissance. Ils ne voulaient plus de moi. Trop étourdissante, trop impertinente, trop embarrassante, qu'ils ont expliqué à Suzanne, ma travailleuse sociale. Mon petit caractère les exaspérait. Ils l'ont appelée de toute urgence pour qu'elle vienne me chercher. Ils n'étaient plus capables de m'endurer.

Carine, ma vraie de vraie mère, ne m'aurait jamais mise à la porte. Elle m'aurait aimée, elle, à la place. Je le sais. J'ai connu des enfants qui faisaient des bêtises pires que les miennes et leur mère les gardait quand même.

Je ne suis pas comme les AUTRES. C'est évident. Il a suffi que je renverse un bol de soupe à l'oignon sur la table pour que les Langlois se débarrassent de moi. Hey! Faut le faire! Ce n'est pas une raison pour me renvoyer, ça! Même si j'ai fait exprès en les regardant droit dans les yeux. Après tout, c'était leur faute. Ils savaient bien que je déteste les oignons. Et leur soupe en était bourrée jusqu'au bord! Alors, c'est normal, la goutte a débordé.

En deux temps, trois téléphones, Suzanne m'a déniché une autre famille: les Locas.

À ma grande surprise, ce sont eux qui sont venus me chercher. D'habitude, ça ne se passe pas comme ça. Pas comme ça du tout. Non. Normalement, c'est Suzanne qui me reconduit dans le nouveau foyer.

Elle prend mon petit sac vert où j'ai entassé mon jean troué, mon chandail rose et ma robe mouchetée que personne n'aime, et le dépose dans le coffre de sa familiale blanche. Je n'ai pas de valise, moi, pour voyager tout chic bon genre et en première classe comme les AUTRES.

Ensuite, Suzanne dit au revoir au couple qui m'a gardée. Moi, je serre les mâchoires. Je ne suis pas du genre trop, trop poli. J'embarque dans la voiture en vitesse et je ne les regarde pas. Surtout pas. Si je pars, c'est parce que ça va mal. Alors, pas question de leur sourire. Encore moins de les saluer.

En cours de route, même si ça contrarie Suzanne, je m'arrange pour arrêter aux toilettes ou manger une patate frite avec beaucoup de ketchup. Ça étire le temps.

Il faut dire que je suis toujours pressée de partir d'une famille, mais que je n'ai jamais hâte d'arriver dans une autre. Juste d'y penser, j'en ai les mains moites et des crampes dans le ventre. Je ne cesse de me demander s'ils vont m'aimer, s'ils ont beaucoup d'enfants, s'ils vont me donner une chambre pour moi toute seule et tout plein de questions comme ça.

En plus, je suis continuellement obligée de me rassurer dans ma tête en m'inventant mille et un scénarios du genre : ils vont m'accueillir à bras ouverts ; ils vont être beaux et gentils comme des dieux ; ils vont m'acheter une bicyclette mauve et patati et patata.

Évidemment, rien ne se réalise comme je le souhaite. La preuve : ils sont toujours moches et méchants. Même qu'ils ont souvent des enfants qui me crient de gros mots, me tapent dessus ou me tirent les cheveux. Alors, je quitte les lieux avec beaucoup de souvenirs tristes et malheureux accrochés au cœur. Et mon cœur, lui, à chaque départ, pèse de plus

Enfin seule. J'ai pleuré toute la peine que je contenais depuis le départ. J'ai pleuré très fort. À chaudes larmes. Ça me rend toujours triste d'être une intruse. De vivre dans les affaires des AUTRES. De n'avoir jamais de place. Surtout, une place pour moi toute seule.

J'ai essayé de me consoler en me disant qu'ici, au moins, il n'y avait pas d'enfants pour me narguer et me tordre le cœur avec des méchancetés.

Rien à faire.

J'ai mal dormi. À cause des nouveaux bruits, de l'odeur de la mer et du manque d'oreillers. J'aime bien avoir tout plein d'oreillers autour de moi. Mais il n'y en a jamais assez. Alors, j'érige un barrage avec mes couvertures et je me recroqueville sur moi-même, le dos collé au mur.

Le lendemain matin, j'ai pleuré. Encore. Parce qu'en ouvrant les yeux, je n'ai pas reconnu ce qui m'entourait. Je ne m'habitue jamais aux changements de décor. La plupart du temps, je chambarde tout dans la chambre. J'essaie de créer comme un « chez-moi ». En vain. Rien ne m'appartient. Je suis dans les affaires des AUTRES.

Et puis, c'était mon premier jour d'école. J'avais le trac, en arrivant. C'est épeurant, en mautadine, d'être toujours la petite nouvelle. Chaque fois, on me dévisage comme si je débarquais d'une autre planète. Je n'ai quand même pas la peau verte!

Je suis restée debout, près de la porte, avec mon air farouche et mes yeux boursouflés. J'étais sur le qui-vive, les jambes raides, prête à me sauver en cas de besoin.

Les élèves, laissés à eux-mêmes, s'amusaient joyeusement à mes dépens. Ils chuchotaient et ricanaient entre eux en reluquant, bien sûr, mon dos rond et ma robe mouchetée.

J'étais comme une véritable étrangère qui arrive en bateau et ne sait plus où elle est. Perdue. Abandonnée à l'autre bout du monde. Sans papiers ni passe-port. Seule, seule, seule sur un continent hostile.

J'attendais que le plancher se dérobe sous mes pieds quand soudain, ma mère, ma vraie de vraie mère, a surgi du couloir comme une apparition.

J'ai sursauté.

Elle est passée devant moi, rayonnante comme un soleil, avec ses cheveux blonds tout frisés et ses yeux bleu poudre pour aller avec. Mes jambes ont ramolli et mon cœur est devenu tout fou dans ma poitrine. Le souffle coupé, je me suis cramponnée à mon cartable et je l'ai serré très fort.

Elle m'a souri. J'ai essayé de me ressaisir. Mais j'étais hypnotisée. Figée. Incapable de penser. Je ne parvenais pas à le croire. Ma mère, ma vraie de vraie mère, était là, devant moi, vivante, sortie tout droit de mes rêves! Comment avait-elle pu s'en échapper? Comment était-ce possible? Personne n'est capable de réussir un tel tour de magie!

Je n'arrivais pas à détacher mon regard d'elle. Et plus je la regardais, moins je doutais. C'était bien elle! Ma mère. Ma vraie de vraie mère. Et je l'avais retrouvée. Oui. Bel et bien retrouvée, ici, à deux pas de la mer.

Je me suis pincée. Elle était toujours là.

Sans tarder, elle m'a invitée à me joindre à eux.

— Entre, Marélie! Je suis Carine Ladouceur, ta maîtresse.

D'une voix toute douce, elle a expliqué aux élèves que je venais de la grande ville et que j'allais terminer mon année scolaire ici. Il restait à peine deux semaines. Elle leur a demandé de m'accueillir chaleureusement, mais il y a eu un silence de glace.

Carine s'est approchée et m'a dit de m'installer à mon pupitre. Pas comme d'habitude, derrière, à l'écart pour ne pas déranger. Non, non! Le premier en avant. Celui juste en face du sien. C'était évident, elle voulait que je sois le plus proche d'elle possible. Pour s'occuper de moi. C'est normal. Une vraie mère ne veut jamais s'éloigner de sa fille. Sinon, elle s'inquiète beaucoup et ne mange plus.

Le reste de la journée, j'ai observé Carine en me berçant. Je n'ai rien lu. Rien écrit. Mon cœur débordait de joie. De craintes, aussi. Parce qu'elle ne m'avait pas reconnue. Absolument pas reconnue. Mais c'est compréhensible. À cause de mes cheveux noirs tout raides et de mes yeux verts. Vert tortue. À cause, aussi, de mon nom de famille : Côté pour « à côté du bonheur ». Ça ne sonne pas beaucoup comme Ladouceur. Mais ce n'est pas grave. Elle est là, maintenant, et je vais tout faire pour qu'elle ne disparaisse plus jamais de ma vie.

Dans quelques jours, je lui annoncerai doucement qu'elle est ma mère. Tout doucement. Sinon, elle risque d'avoir un choc terrible.

Mon seul problème, c'est les Locas. D'ici un mois ou deux, ils vont me foutre à la porte, c'est certain. Il n'y a personne au monde qui est capable de m'endurer longtemps.

2

Un lien évident

Ce matin, avant de partir pour l'école, j'ai lavé mes cheveux et je les ai fait sécher au vent pour qu'ils soient tout gonflés. Ça leur donne un petit air frisé. Je veux que Carine soit fière et qu'elle commence à se douter un peu que je suis sa fille. Ainsi, quand je le lui apprendrai, ce sera plus facile. Et puis, une fille doit toujours faire honneur à sa mère. C'est comme ça.

J'étais toute contente du résultat et je m'apprêtais à partir quand, soudain, madame Locas est arrivée, furieuse.

Il faut dire que j'ai une manie. Une mautadine de manie que personne n'a sur terre, encore moins dans l'univers. Partout où je vais, je grave mon nom avec un clou que je traîne dans ma poche gauche.

Et madame Locas n'a pas aimé, mais pas aimé du tout que j'écrive en grosses lettres MARÉLIE sur sa belle boiserie. Sa boiserie à ELLE, bien entendu!

Elle a essayé de me terrifier avec ses reproches gros comme la mer, mais je ne me suis pas laissé faire. Non. Avec la rage au cœur, je lui ai dit, de nouveau, ma façon de penser:

— Tu es menteuse! Tu oses prétendre que je suis CHEZ MOI, dans cette maison, mais ce n'est pas vrai! À la première occasion, tu me prouves le contraire! Si je suis CHEZ MOI, ici, comme tu le prétends, j'ai le droit d'écrire sur le mur et de faire ce que je veux! TOUT ce que je veux!

Madame Locas a esquissé un sourire. Ça m'a choquée encore plus. Je ne supporte pas que l'on rie de moi quand je suis en colère. Alors, j'ai crié:

— Laisse-moi tranquille! Et n'essaie surtout pas d'être ma mère!

Sans se préoccuper de mon humeur, elle a poursuivi :

— Je te demande seulement de respecter ce qui t'entoure. Nous avons mis bien des années et des sous à nous bâtir et à nous installer. Ceci dit, je te comprends, Marélie, tu sais ! Ce n'est pas facile d'arriver chez des gens que tu ne connais pas. Donnons-nous un peu de temps pour nous apprivoiser. Tu ressembles à un petit animal sauvage. C'est normal que tu sois un peu effarouchée, au début. En plus, nous avons tous notre caractère et notre personnalité. Il faudra bien s'y habituer.

Évidemment, elle est comme les AUTRES. Elle me gronde dès la première journée comme si j'avais mis sa maison à feu et à sac. Elle n'a vraiment pas pris un siècle pour se transformer en vipère. D'ici une semaine, elle sera rien de moins qu'une horrible sorcière. Je le sais. Je suis habituée. C'est toujours le même scénario qui se répète d'un foyer à l'autre.

J'ai quand même gravé mon nom sous le lavabo de la salle de bains, derrière la porte du placard et sur deux barreaux de la galerie. Mais cette fois, en mini-minuscule, comme avant.

Ensuite, je suis retournée voir madame Locas pour tenter de l'amadouer. À cause de Carine. Je ne voulais pas la perdre. Et après ce qui venait de se passer, je risquais forcément la porte. Alors, pour me rassurer, je lui ai demandé, l'air innocent :

— Est-ce que tu vas me renvoyer bientôt ?

Sans réfléchir, c'est sûr, elle a répondu :

— Jamais ! Ne t'inquiète pas ! Tu resteras toujours ici.

Toujours ! J'étais drôlement étonnée de sa réponse. C'était clair : elle n'avait pas encore remarqué que j'étais un « cas problème ». C'est Suzanne qui répète souvent ça aux familles, croyant que je ne l'écoute pas. Et c'est évident, un « cas problème », personne au monde ne désire en avoir.

Monsieur Locas, lui, est déjà tanné. Il ne veut rien, rien, rien savoir de moi. Il ne supporte pas une miette que je touche à sa chaise berçante. C'est SA chaise. Pas moyen de m'asseoir dessus. Et il est catégorique : « Cette chaise doit rester libre du matin au soir. Et même la nuit. Est-ce clair ? »

Un vrai bébé. Pour faire exprès, j'adore me bercer. Surtout en chantant à tue-tête. Alors, je m'assois par terre et je me balance très fort. En avant, en arrière, en avant, en arrière. Sans arrêt. Durant des heures. C'est une autre manie que j'ai. Ça me permet aussi de penser. De penser comme maintenant à Carine, ma mère.

Je suis convaincue qu'à ma naissance elle a été forcée de me donner à une famille d'accueil. Pas parce que j'étais laide et pas fine comme les AUTRES disent souvent dans mon dos. Non, non! Parce qu'elle était malade. Très malade. Elle a failli en mourir. D'ailleurs, sa peau est restée blanche à la suite de sa maladie. Elle met un chapeau de paille au soleil et des multitudes de crèmes pour se protéger.

Une mère très malade ne peut pas s'occuper comme il faut de son enfant adoré. C'est rare, extrêmement rare, mais il arrive parfois qu'elle soit obligée de s'en séparer. O-BLI-GÉE. C'est pour ça que Carine a dû m'abandonner. Elle n'avait pas le choix: ses jours étaient comptés et elle n'avait plus d'argent pour s'occuper de moi.

Alors, j'ai navigué d'un foyer à l'autre. La vraie galère. J'allais et je venais avec mon petit sac vert et ma robe mouchetée trop grande. Avec mes nouvelles mères, aussi, que j'inventais dans ma tête.

Quand un étranger me punissait et me grondait pour rien, je devenais une véritable tempête. C'est la meilleure façon de partir. Les tempêtes effraient ceux qui ont les deux pieds sur terre. Elles déracinent, en moins d'un quart d'heure, leurs plus folles ambitions de sauver un enfant que personne ne désire.

Les grands disent que je suis vieille pour mon âge. Moi, je ne trouve pas. Même si j'ai dix ans, je suis toute petite à l'intérieur. Et tout ce que je veux, c'est que Carine me prenne dans ses bras et me berce durant des heures et des heures. Sans arrêt. Comme dans mes rêves.

En entrant dans la classe, elle m'a souri tout de suite. J'aurais voulu me précipiter vers elle pour l'embrasser, mais je me suis retenue. À cause des AUTRES. Ils n'auraient pas compris, c'est certain, car ils ricanaient déjà.

J'ai gravé mon nom en dessous du pupitre, discrètement, sans que personne s'en aperçoive.

Puis, on s'est rendus à la plage pour étudier la faune et la flore. Carine a parlé du varech, des galets, des étoiles de mer, des oursins, des plumes d'oiseaux et j'en passe.

On a étalé des lambeaux d'algues au soleil pour qu'ils sèchent. On a même ramassé des coques dans des seaux, on a allumé un feu et on les a mangées pour dîner. J'avais du sable plein la bouche. Je n'aimais pas ça, mais je faisais semblant que c'était bon et j'avalais tout rond. Pour ne pas déplaire à Carine qui me souriait toujours.

Je me tenais près d'elle au cas où les AUTRES me la voleraient. Louis Desjardins surtout. Je me méfie de lui. Il est jaloux. Ça se voit tout de suite. Avant, il était le favori de Carine. Mais plus maintenant. Non. Depuis mon arrivée, c'est moi sa préférée. C'est normal, vu le lien de sang qui nous unit. Du sang bleu comme le ciel. Bleu comme ma robe mouchetée. Bleu comme la mer. Alors, j'ai décidé, désormais, de m'appeler Marélie de la mer. Ce qui agace Louis qui croit tout connaître de l'univers marin. Tout. À cause de son père qui est, selon ses dires, le plus grand pêcheur de homards du village. Ce n'est pas une raison pour se péter les bretelles. Ce n'est pas lui qui les pêche, après tout. Il est... il est prétentieux. Il se montre intéressant pour plaire à Carine. Il veut l'épater avec les exploits de son paternel. Mais elle ne se laisse pas avoir. Pas du tout. Elle n'a pas besoin qu'on lui jette de la poudre aux yeux, Carine. Elle en a déjà plein les yeux. Et si elle reste à mes côtés, c'est pour m'encourager. Je viens de la grande ville, moi, et je ne connais rien à la mer. Rien de rien. Même si j'ai le sentiment qu'elle coule dans mes veines depuis toujours. D'ailleurs, ce sera très long avant que j'apprenne tout. J'ai la tête dure. On me l'a toujours dit. Heureusement, Carine est patiente. Elle prendra beaucoup de temps avec moi, après la classe, pour me donner des cours privés de rattrapage. Louis Desjardins devra s'y faire. Les AUTRES, aussi.

Carine a passé tout l'après-midi avec moi. Elle souriait. ME souriait tout le temps en m'expliquant la vie compliquée des crabes à huit pattes. C'était palpitant.

Je la regardais en jouant dans mes cheveux, espérant qu'elle remarque mes petits frisous. Quand elle m'a dit : «Tu as de magnifiques cheveux», mon cœur a sauté dans ses bras.

Il faut dire que tout est différent depuis que je l'ai retrouvée. Elle m'enveloppe et me caresse à tout moment de son regard. Comme dans mes rêves. J'ai même éclaté de rire avec elle, aujourd'hui. C'est étrange. Je ne ris jamais, moi. Je ne trouve rien de drôle, d'habitude.

Je l'ai écoutée sagement. Tout ce que je désirais, c'était de me coller contre elle. Le plus souvent possible.

C'est si rare que la vie est bonne pour moi.

À un moment donné, alors qu'elle se penchait pour me montrer le crabe qui marchait de côté, j'ai appuyé ma tête contre son épaule. Elle a souri et ne m'a pas repoussée. J'étais bien. Trop bien. Soudain, sans raison, j'ai eu envie de la mordre. Le foutu déclic d'enfer, qui se déclenche toujours n'importe où, n'importe quand, est revenu dans ma tête. J'ai dû me relever en vitesse pour ne pas lui sauter dessus. Je n'ose imaginer la catastrophe.

J'ai souvent envie de mordre ceux qui sont gentils avec moi. Il me semble que ça ne se peut pas qu'ils m'aiment.

Les AUTRES se sont amusés dans leur coin en se foutant de moi. Dès que je passais à côté d'eux, un silence de dortoir s'installait, malgré le bruit des vagues. Ils me bombardaient de regards curieux, puis chuchotaient et plaisantaient entre eux, après mon passage. Mon cœur avait juste envie d'exploser.

Je déteste les sorties ou les récréations. Personne ne me parle. C'est facile pour eux de s'amuser. Ils se connaissent depuis toujours et ils ont tous leur petite gang. Ils n'ont pas besoin de moi pour jouer à la corde à danser ou au ballon.

De toute façon, je suis celle, toujours celle, qui est de trop. Mais je ne m'en fais pas. Et pour bien leur montrer que ça ne me dérangeait pas du tout d'être mise à l'écart, je les ai ignorés, moi aussi. C'est mieux ainsi. Même si j'avais des pincements au cœur. Même si j'avais envie d'attraper leur ballon et de tous les assommer avec.

Quand je suis revenue de la plage, monsieur Locas était sur la galerie avec un gros pinceau à la main. Il peinturait SA chaise berçante en laissant dégoutter sa peinture blanche par terre. Et madame Locas ne le chicanait même pas ! Ça m'a choquée.

J'ai soupé en silence. Il faut dire que mes silences dérangent beaucoup. Parce qu'ils sont remplis de colère et qu'ils sont solidement ancrés au fond de mon regard. Et quand mes yeux se promènent sur eux, ils leur parlent. Ils leur parlent, ça n'a pas de bon sens. Même que, ce soir, monsieur Locas s'est levé pour ne pas voir. Pour ne pas entendre.

Puis j'ai passé la soirée sur la plage, seule, assise dans une chaloupe abandonnée dans le foin de mer longeant la grève. Et là, je me suis bercée, en avant, en arrière, en regardant un bateau naviguer sur la ligne d'horizon. Le vent, lui, s'amusait à ébouriffer mes cheveux et à m'arroser le visage d'une fine pluie d'embruns.

Et j'ai attendu. Attendu.

C'est long, quand même, toute une soirée et toute une nuit avant de revoir sa mère. Depuis le temps que j'en rêvais. Maintenant qu'elle existe, qu'elle est bel et bien réelle, elle me manque terriblement.

Si seulement je savais comment lui dire qui elle est. Qui je suis. Tout serait plus facile. J'en suis sûre.

3

Une vie de tortue

Aujourd'hui, c'est l'exposé en avant pour la note finale. Je déteste être en avant. Je me sens stupide, gauche, maladroite. Pourtant, j'ai étudié toute la semaine pour ne pas rater mon coup. C'est rare que je plonge mon nez dans les livres. Par chance, Carine me regarde avec toute la tendresse de ses yeux bleu poudre. Quand je la fixe, je ne vois pas les AUTRES qui rigolent sous cape, comme d'habitude. Et je me sens plus brave.

D'un filet de voix, je commence en bafouillant un peu. C'est normal. J'ai peur.

— Je... je vais vous parler des tortues de mer qui vivent aux îles Galapagos. La... la...

Aussitôt, Louis Desjardins me lance :

— Parle plus fort !

Je rougis et je tente de poursuivre, mais il rajoute illico :

— Tu essaies d'entrer en compétition avec nos homards ?

Je serre les poings. Très fort. Il a dit NOS homards. Pour que je sente bien que je ne suis pas chez moi, ici, dans ce coin de pays. Que je suis chez lui. Eh ! bien, je le sais. Pas besoin qu'il me le rappelle ! Il est méchant comme monsieur Locas. Et... et comme tous les AUTRES.

Je lui jette un regard noir. Plus noir que la mer et le ciel un jour de tempête. Il garde son sourire fendu jusqu'aux oreilles. C'est sûr, il essaie de me déconcentrer pour que je ne sois pas bonne devant Carine.

Heureusement, elle intervient tout de suite. Sans attendre, elle le remet à sa place devant tous les autres.

— Ça suffit, Louis! Laisse Marélie continuer! Ce sera ton tour, après.

Je suis contente. Très, très contente. C'est comme ça qu'une vraie mère doit agir. Elle défend son enfant envers et contre tous, et ce, en tout temps.

Je continue tout d'une traite:

— La mer est peuplée d'orphelins. Et les tortues sont les plus grandes orphelines du monde. La nuit, quand il fait assez noir pour ne pas être surprise en flagrant délit d'abandon, la maman creuse des trous dans le sable. Elle y dépose et enterre ses œufs, puis s'en retourne à la mer incognito. Les tortues ne se doutent pas une miette qu'elles sont abandonnées. À cause du sable qui les réchauffe à la place du ventre. Mais le jour où elles sortent de leur coquille, c'est le choc. Elles sont obligées de creuser un tunnel jusqu'à la surface. Et là, elles regardent partout. Pas de mère. Pas de mère nulle part. Les bébés se retrouvent seuls au monde avec des frégates menaçantes qui zigzaguent au-dessus de leur tête. Alors, ils prennent une grande respiration et ils courent de toutes leurs forces avec leurs petites pattes maladroites. Ils s'enfargent, piquent du nez, se relèvent. Le sable revole partout. Ils ont hâte d'atteindre la mer. Parce qu'ils ont peur. Très peur des frégates qui attaquent et foncent sur eux pour les attraper. Les dévorer. Plusieurs sont tués. D'autres blessés et incapables d'avancer. Ça les énerve encore plus. Rendus dans la mer, sains et saufs, ils se mettent à nager. Il faut dire que les tortues sont de très grandes voyageuses. Toute leur vie, elles nagent des milliers et des milliers de kilomètres. Elles ne s'adaptent nulle part et connaissent bien des bas-fonds. Pourquoi? Parce qu'elles recher-chent sans cesse leur mère. Et elles en bavent un coup. Les plages en sont recouvertes d'écume. Elles deviennent géantes avec d'énormes carapaces. C'est normal. Elles sont obligées d'avoir le dos dur et solide pour supporter le poids d'une telle peine. C'est pour ça aussi que la mer est salée. À cause des larmes de tortues. Elles ont tellement pleuré...

J'ai failli rajouter: «J'en sais quelque chose! J'ai une vraie vie de tortue. Et j'ai le dos rond et les yeux verts comme elles.»

Je regarde la classe, inquiète. À mon plus grand soulagement, ils commencent

à battre des mains. Sauf Louis, évidemment. Il préfère grimacer.

· Je suis toute remuée en dedans. Il me semble que ça ne se peut pas qu'on m'applaudisse !

Toujours le rouge aux joues, je vais m'asseoir en vitesse. Carine a l'air impressionné. Ça se voit dans ses yeux pleins de lumière. Elle me dit :

— Bravo, Marélie ! C'était très intéressant. Tu as une belle imagination.

Moi ! Une belle imagination ! Ça alors ! J'en ai des papillons qui virevoltent autour de la tête. J'aurai sûrement une bonne note. C'est rare. Je suis toujours nulle d'habitude. Même qu'une fois, dans une autre école, j'ai dit devant la classe que les œufs poussaient dans les arbres. Tous les élèves ont éclaté de rire. Le garçon roux en arrière aussi. Lui qui avait l'air si gentil. Il était plié en deux. J'ai été la risée de la classe. Mais pas longtemps. Je me suis arrangée pour ne plus retourner dans cette école. J'ai fait une crise terrible et j'ai changé de foyer. On ne peut pas tout savoir, quand même !

À son tour, Louis donne son exposé sur le naufrage des baleines. C'est plutôt lui qui se noie dans son récit. Plus plate que ça, tu t'endors pour la vie.

J'applaudis quand même pour montrer à Carine que je sais apprécier, moi. Elle me sourit.

Je reçois la meilleure note et je gagne un collier de perles fabriqué par Carine elle-même. Je l'enfile tout de suite à mon cou. Jamais je ne m'en déferai. Promesse d'étrangère. J'y tiens comme à la prunelle de mes yeux... de SES yeux. À elle. C'est le premier cadeau de ma mère. Je suis sûre que je ne suis pas la meilleure. Ça ne se peut pas. Mais Carine fait semblant. Pour me faire plaisir.

Les AUTRES sont très, très jaloux. Moi, je suis contente.

Puis elle annonce que demain, samedi, pour la fin de l'année scolaire, il y aura une grosse fête sur la plage : la Fête de la crevette. Elle rajoute :

— N'oubliez pas d'avertir vos parents, vos frères et vos sœurs.

Toute légère et aérienne, je quitte l'école en vitesse, car je veux revenir à la maison toute seule. Pour penser à Carine, aux applaudissements et à ma belle imagination. Mais Louis court pour me rattraper. Il habite juste à côté des

Locas et il souhaite rentrer avec moi. Après ce qu'il a osé me dire, il a du culot de vouloir m'accompagner. En plus, il marche en sautillant. Ça m'énerve.

Après cinq minutes de silence et de longs soupirs, je lui demande tout de même :

— As-tu une mère, toi ?

Il pouffe de rire.

— Bien sûr ! Quelle question ! Tout le monde a une mère. Et un père. Et des sœurs, des frères, des cousins, des cousines, des oncles, des…

Je rouspète :

— Non ! Moi, je n'en ai pas.

— Tu n'en as pas ! Je ne te crois pas.

— Je te le jure !

— Comme ça, tu es une tortue !

— Idiot !

— Alors, tu n'as pas d'arbre généalogique, si je comprends bien !

— De… de quoi ?

— D'arbre généalogique. C'est pour retracer tes origines. Tes ancêtres, si tu préfères. Ceux qui ont vécu bien avant toi, il y a des centaines et des milliers d'années.

— Non ! Ça non plus, je n'en ai pas. Et, de toute façon, je n'en ai pas besoin.

Je déteste grimper aux arbres. Encore plus s'ils s'étirent jusqu'aux temps préhistoriques comme celui de ta famille. Je déteste les monstres à grande barbe jusqu'à terre.

Louis me tire la langue et rajoute :

— Tu es drôlement chanceuse de ne pas avoir de mère !

Et lui, il est vraiment le dernier des crétins. Il ne sait pas ce que c'est que d'être seule au monde, de se battre contre toutes sortes de familles méchantes qui me grondent, me frappent, me menacent et abusent de moi sans arrêt.

Il ne peut pas imaginer, non plus, ce que c'est de pleurer tous les soirs sans exception. D'être toujours quelque part, ailleurs, sans raison, sans maison, sans parents, nulle part. De n'avoir jamais d'amis parce que je déménage trop souvent. De ne pas savoir c'est où mon vrai chez-moi. De me demander sans répit : où est ma mère ? Pense-t-elle à moi des fois ? Essaie-t-elle de me retrouver ? Et mon père ? Qui est-il ? C'est lui qui est chanceux. Il a quelqu'un dans sa vie. Plusieurs, même. Moi, je suis seule. Et puis, je n'ai personne pour me consoler la nuit quand il y a d'étranges créatures marines qui sortent du lavabo et se glissent sous ma porte. Non. Personne pour me cajoler, me dorloter, me câliner, me bécoter et m'aimer. Mais à quoi bon lui expliquer? Il ne peut pas comprendre, lui. Il nage dans le bonheur total depuis sa naissance.

Je renifle. Je déteste penser. Ça me rend de très mauvaise humeur. J'accélère le pas. Louis aussi.

— Attends-moi! Tu peux me raconter, si tu veux. As-tu essayé de la retrouver?

Je réponds avec impatience:

— Qui? Ma mère? Aussi bien chercher une aiguille dans une botte de foin. Et encore, dans quelle botte de foin aurait-il fallu que je cherche?

En réalité, il n'est pas question que je lui dise, à lui, qu'il y a trois mille sept cent quatre-vingt-sept Côté dans le bottin téléphonique. Je les ai tous appelés en cachette. C'est long, quand même. Deux ans, minimum.

Avec tout l'espoir et la politesse du monde, je leur demandais: «Bonjour, êtes-vous ma mère?»

Au total, deux mille sept cent quatre-vingt-quinze n'ont jamais eu de fille qui s'appelle Marélie, quatre cent quatre-vingt-neuf m'ont raccroché la ligne au nez, deux cent soixante-quatorze étaient occupés, deux cent quinze n'ont pas répondu et quatorze n'avaient « plus de service au numéro composé ». J'ai tout pris en note dans mon carnet de bord personnel. Très, très personnel. Que personne ne doit voir.

J'ai arrêté les recherches parce qu'elles me donnaient les oreilles rouges, des pincements au cœur et des larmes plein l'oreiller.

Il faut dire que les malheurs creusent des puits sans fond à l'intérieur. C'est pour ça que je pleure tout le temps.

De toute façon, je l'ai retrouvée, ma mère. Et il n'est pas question que je le dise à ce Louis. Il n'est pas mon ami.

Je le quitte sans le saluer.

Je traverse la rue le corps raide, les poings serrés en regardant de tous bords tous côtés. J'ai toujours peur d'être frappée. Même ici, où il ne passe qu'une voiture à l'heure, je ne prends aucun risque. À cause des malheurs qui me poursuivent toujours.

Dès mon arrivée, madame Locas me félicite pour mon prix. Puis elle me demande gentil-gentiment d'étendre le linge. Évidemment, bientôt je ferai son ménage, son lavage, son repassage, son pliage. Une vraie mère, comme Carine, connaît les états d'âme de sa fille. Elle ne m'aurait jamais laissé travailler en sachant que mon cœur débordait de joie. Les corvées et les joies, ça ne va pas du tout ensemble.

Pour me consoler de cette injustice énorme, j'étends le linge sur la corde à ma manière, bien sûr : les serviettes, les bobettes, les jaquettes, les débarbouillettes, sans ordre, avec le plus d'épingles possible.

Madame Locas éclate de rire. Dans un autre foyer, j'aurais reçu une taloche ou une punition. Étrange, quand même, ces gens de la mer !

Demain, c'est le grand jour. Si je veux revoir Carine cet été, je dois lui annoncer que je suis sa fille. Sinon, c'est foutu. Je ne la reverrai pas avant septembre. Et ça, il n'en est pas question. Je ne peux plus me passer d'elle.

J'ai hâte. Et j'ai peur. Au fond, pour que ce soit plus facile, je n'aurai qu'à m'asseoir avec elle sur le sable, sous le même parasol.

Le soir venu, j'allume ma petite veilleuse en forme de phare. Par la fenêtre entrouverte, j'entends la mer se détendre.

Mon collier de perles autour du cou, bien au chaud dans mon nouveau bonheur, je me laisse glisser en douceur dans un sommeil aussi moelleux et tendre qu'un nuage rose.

4

Une déclaration stupéfiante

É tendue sur un pneumatique, je me laisse bercer par les vagues. Pas longtemps. La mer est trop froide. Je frissonne.

Je retourne me réfugier sous le parasol, pas celui de Carine, mais celui que monsieur Locas a bien daigné me prêter. Je grave mon nom dessus avec mon petit clou, puis je le ferme.

Les yeux mi-clos, je fais semblant de me dorer au soleil comme une tortue. Mais je guette. Je guette les familles qui s'amusent ensemble. Elles semblent si heureuses. Mon cœur se serre. La vie paraît si douce, si facile pour ceux qui ont un père et une mère.

Je soupire. Le vent aussi.

Tous les parents sont venus à la Fête de la crevette. Sauf monsieur et madame Locas. Il n'était pas question que je les invite. La raison est simple : ils ne sont pas mes parents. C'est pour ça que je suis seule. Seule, seule, seule. Comme un bernard-l'hermite dans un coquillage abandonné.

En réalité, c'est Carine que je guette. Depuis ce matin, elle ne m'a pas adressé la parole et elle n'est pas venue s'asseoir avec moi. Je me demande même si elle m'a vue. Ça me chicote en dedans.

Alors, j'attends. J'attends qu'elle me regarde un peu. J'imagine que ça ne devrait pas tarder.

Je prends une bouchée de mon sandwich aux radis. Je mâche lentement. En soupirant. C'est long.

Je ne suis pas jalouse. Non. Pas du tout. Ça ne me dérange pas que Carine prenne dans ses bras la sœur de Louis. Qu'elle lui chatouille le bedon pour l'entendre rire aux éclats. Mais, la petite vlimeuse, elle fait sa coquette avec ses grosses barrettes dans ses bouclettes.

Après tout, je m'en fiche. C'est normal que Carine s'occupe des AUTRES de temps en temps. Mais pas trop, quand même. Là, elle exagère en mautadine. Elle lui caresse les doigts. Les embrasse un par un. Mes yeux sont tout humides. Je me demande ce qu'elle a de plus que moi, cette miss boudins. Carine n'est pas censée me planter là pour elle. C'est ma mère, après tout. Pourquoi m'ignore-t-elle?

Je laisse tomber mon sandwich.

Ma main fouille dans le sable comme si j'allais y trouver une réponse. La mer, indifférente, rejette ses vagues sur la plage et se retire, s'enfuit vers l'horizon.

Tant bien que mal, je ravale le torrent de larmes qui veut jaillir. Je me balance. Je ferme les yeux. Je m'imagine toute petite. Plus petite encore que la sœur de Louis. Plus jolie, aussi. Avec des barrettes plein, plein les cheveux. Je suis pelotonnée dans les bras de Carine. Elle me couvre de petits bisous sur les joues, sur le nez, sur le front, sur le menton et elle me chante une berceuse. Des larmes me montent aux yeux. Pour me contrarier, évidemment, Louis surgit devant moi. Il penche sa tête à la hauteur de mon visage et me dit :

— Tes yeux ont pâli !

Décidément ! Il ne sait pas que les yeux pâlissent quand on pleure. Même par en dedans. Il n'a pas dû pleurer souvent, lui, gâté comme il est !

Carine, elle, avec ses yeux bleu poudre, délavés, a sûrement déjà eu beaucoup de peine. À cause de moi, évidemment. Parce que je n'étais pas là. Elle s'est tellement ennuyée. Mais maintenant qu'elle tient ce bébé entre ses mains, je suis aussi intéressante qu'un grain de sable sous un rocher. Je n'existe plus. Elle m'ignore. Elle n'a pas le temps de s'occuper de moi. Elle ne me voit même pas. Je la déteste.

Je saute dans mes sandales qui claquent quand je marche et j'enfile ma robe mouchetée par-dessus mon maillot. Du coin de l'œil, j'observe Louis, pieds nus dans le sable, se déhancher sur une musique sortant d'une radio de plage. On dirait une marionnette qui va se disloquer.

C'est trop. Il est grand temps que je parte. Je donne un coup de pied dans le vide et quitte cette bande de bouffons insensibles à mon naufrage. J'ai juste le temps d'apercevoir Louis arrêter sa chorégraphie débile et me regarder d'un air perplexe.

Pour essayer de me consoler, je marche jusqu'au village, en haut de la côte, à travers le sentier caillouteux. Là, au moins, je ne vois pas Carine jouer à la mère avec les AUTRES.

Je flâne dans le magasin général. Je pique du papier à dessin, une petite boîte d'aquarelle en pastilles, un pinceau, de la tire qui colle aux dents et deux grosses barrettes roses. J'ai des sous dans ma poche, mais pas question que je les dépense. Ce n'est pas à moi de payer tout ça.

Sous le soleil de plomb, je reviens avec mon cartable scolaire rempli à ras bord d'articles.

Je m'arrête un instant au sommet de la pente des Marguerites. Au loin, le même bateau se promène toujours sur la ligne d'horizon.

J'ai le vertige. Carine est en bas. Elle caresse les cheveux de la petite sœur de

Louis. La prend dans ses bras. Évidemment, mademoiselle se trémousse à qui mieux mieux. Un vrai poisson hors de l'eau. Je ravale mes larmes et ma colère. Elle n'a pas le droit de me faire ça!

En plus, Louis s'agrippe à Carine comme une moule à son rocher. Il ne décolle pas. Il m'énerve. C'est MA mère, après tout! Il en a une, lui! Qu'il laisse celles des autres tranquilles!

J'observe Carine à la dérobée.

Pourquoi me laisse-t-elle tomber? Pourquoi est-ce toujours les AUTRES qui ont tout? Moi aussi, je peux être IR-RÉ-SIS-TI-BLE, parfois.

Mon estomac se noue. J'ai le cœur à la dérive. Cette fête n'est vraiment pas une fête. Non. C'est une véritable catastrophe nucléaire. Et ces fêtards ressemblent à de vieux mollusques ratatinés!

Je descends la côte et retourne m'asseoir sous le parasol de monsieur Locas. Un seau d'eau à mes côtés, j'entreprends une première peinture avec mon nouveau matériel. Je dessine Carine. Elle a un œil plus haut que l'autre, les cheveux plutôt jaunes que blonds et quelques taches de rousseur à cause de mon pinceau qui dégoutte sur son nez.

Pour qu'elle soit encore plus laide, je saupoudre du sel sur son visage. Du sel de mer avec du sable. Une fois l'aquarelle sèche, elle a l'air d'un épouvantable monstre.

Je me lève. Avec un bout de branche délavée, à défaut de mon clou, je griffonne mon nom dans le sable. En rafale, les unes après les autres, les vagues l'effacent en vitesse.

J'avance pieds nus dans l'eau. De grosses larmes coulent sur mes joues et tombent dans la mer rejoindre celles des tortues.

Louis, le curieux, le fatigant, le pot de colle, rapplique. Encore. À cause de mes paupières enflées, il me dit :

— Tiens ! C'est curieux ! Tu as des yeux de grenouille !

L'effronté ! Je bouillonne. J'écume. Pourquoi s'acharne-t-il toujours sur mes yeux ? Pour qui se prend-il, ce… ce voleur de mère ? Je rétorque :

— Et toi, tu as un nez de crocodile puant et des palettes de lapin géant. En plus, tu as une tête d'oursin séché avec des yeux tout plein la tête comme une coquille Saint-Jacques. Et ce n'est rien, ça, vraiment rien à côté de tes oreilles en forme de colimaçons vides et de ta cervelle de crevette bouillie. Tu fais peur à voir. Vraiment, vraiment peur. Et je parie que tu ne l'avais pas encore remarqué !

Il bondit, hors de lui, et siffle entre ses dents serrées :

— Tu vas me le payer !

Ça se voit qu'il n'a pas aimé. Pas aimé du tout. Je ne comprends pas pourquoi, d'ailleurs. Ce que j'ai dit est tout ce qu'il y a de plus vrai. S'il a besoin d'un miroir, en plus !

Louis se rue vers Carine. Gesticule. Me montre du doigt. Le bavard. Le lâche. Il se plaint. Évidemment, Carine se retourne et me regarde. Me regarde pour la première fois de la journée. Et c'est à ce moment précis que tout commence à mal tourner.

Elle se lève et vient vers moi avec de grosses vagues de colère dans les yeux. Mon cœur s'emballe. D'une voix dure, dure, comme je ne l'ai jamais entendue, elle me reproche :

— Pourquoi lances-tu des gros mots à Louis ? Je te trouve déplaisante, Marélie. De plus en plus déplaisante !

J'écarquille les yeux. Déplaisante, moi ! Pourquoi dit-elle ça ? C'est Louis qui m'a provoquée! Il chiale pour des pacotilles. Pourquoi ne me demande-t-elle pas comment cette dispute a commencé? Je n'ai pas été si méchante, après tout! J'ai même mis de la dentelle sur ces énormes défauts. Que se passe-t-il? Carine n'aime plus ma belle imagination, maintenant?

Elle poursuit:

— Tu vas t'excuser immédiatement de l'avoir insulté!

Un sourire victorieux plaqué sur son visage, Louis jubile. Carine croise les bras et attend. J'essaie de protester, de lui crier: «JAMAIS JE NE M'EXCU-SERAI!», mais pas un mot ne sort de ma bouche. Alors, je décide de m'enfuir, mais Carine m'attrape par le poignet. Elle le serre fort. Très fort. Devant tout le monde.

Ses yeux bleu poudre perdent toute leur douceur. Toute leur tendresse. On dirait qu'ils virent au bleu marine.

L'air grave, elle s'écrie:

— N'essaie pas de te sauver, Marélie! As-tu compris ce que je t'ai dit? Je vais devoir avertir ta mère de ton comportement, si tu continues!

Ses derniers mots tombent comme de véritables bombes en moi et me pulvérisent. Mon cœur saigne. Je jette un regard affolé vers les AUTRES qui s'attroupent, m'entourent, m'encerclent comme si j'étais une miette de pain pour les mouettes. Ils rient. Se moquent de moi. Je tremble en dedans. C'est insupportable. Surtout de voir Carine se transformer ainsi. Une tempête foudroyante éclate dans ma tête. Je me débats. La mords. La griffe. Lui donne des coups de pieds en hurlant :

— Lâche-moi ! Tu es... tu es... méchante !

— Ça suffit ! Contrôle-toi !

Je ne l'écoute plus. Je suis déchaînée. Je crie :

— Comment veux-tu avertir ma mère puisque c'est toi MA mère ? Ma vraie de vraie mère ! Et tu ne t'occupes même pas de moi ! Depuis que je suis arrivée, tu fais semblant de ne pas me reconnaître ! Tu ne m'aimes pas ! Pourquoi ? Qu'estce que je t'ai fait ? Tu n'as pas le droit de me blesser ! Ce n'est pas comme ça qu'une mère doit agir avec son enfant ! Dès qu'il y a quelqu'un de plus

intéressant, je n'existe plus! Ce n'est pas normal, ça! Je suis ta fille, moi. TA fille!

Carine me lâche subitement.

Devant elle et devant tous les AUTRES, je prends le collier de perles et je l'arrache de mon cou. Je le piétine, l'écrase, enfonce toutes les petites boules blanches dans le sable.

Puis, avec des sanglots dans la voix, je poursuis, désespérée:

— Et, pour mon... malheur, il y a toujours un... AUTRE de plus intéressant que moi. TOUJOURS. Je... ne veux plus rien savoir de toi. Je n'ai pas besoin d'une mère! Pas besoin du tout! Je suis capable de me débrouiller toute seule! Comme... comme les tortues!

Carine est stupéfaite. Elle porte une main à sa bouche. On dirait qu'elle manque d'air. Louis, qui se tient à l'écart, continue de me narguer avec son sourire de têtard. Je l'ignore.

J'aurais voulu annoncer autrement à Carine que je l'ai enfin retrouvée, mais c'est sa faute, aussi. Elle n'avait pas le droit de me gronder devant tous les AUTRES. C'est de la plus haute trahison.

Je recule d'un pas.

Louis s'approche, l'air triomphant, et me dit :

— Tu n'es pas la fille de Carine ! Tu n'es pas la fille de Carine ! Tu inventes des histoires farfelues pour être intéressante ! Arrête d'embêter Carine !

Et il me montre le gros bébé à bouclettes, rond et rose, qui fait la moue, en me lançant sa phrase poignard en plein cœur :

— Carine n'a qu'une fille et c'est elle : la belle et très jolie Julie.

Je veux répliquer. Impossible. J'ai le cœur en miettes. Comme un coquillage écrasé sur la plage.

Ma gorge se serre. Qu'est-ce qu'il raconte ? SA fille ? Je ne comprends plus rien. Furieuse, je m'écrie :

— Menteur ! C'est ta sœur ! Carine n'a qu'une fille et c'est moi ! JALOUX ! Tu ne cherches qu'à te venger !

Mes yeux piquent. Je m'efforce de ne pas pleurer. Il ne faut pas que Louis s'aperçoive que la peur monte en moi, dans mon ventre, dans mes veines, dans tout mon être, à la vitesse d'une marée d'équinoxe. La «belle et jolie Julie», comme il dit, ne peut pas être la fille de Carine. NON !

Je garde la tête haute, le défie un instant du regard, afin de lui montrer clairement que je ne crois pas à ses paroles d'expert en mensonges et je tourne les talons.

Carine m'appelle :

— Attends, Marélie ! Reviens ! Nous devons nous parler.

Non. C'est clair : je n'ai plus rien à lui dire.

Je me sauve. Le cœur fou. Je cours. Je file droit devant comme une éperdue, sur la rue longeant la plage. Cette fois, je vais disparaître. POUR DE BON. Parce que le monde entier est méchant. Trop, trop, trop méchant pour moi.

Je me retourne, un instant, le visage ruisselant de larmes. Carine est restée debout. Les AUTRES aussi. Ils sont tous là, figés comme des statues de sel.

5

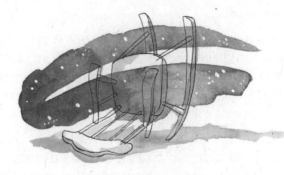

L'étoile filante

Personne!

Je ferme la porte derrière moi. Je veux la barrer, mais la planche de bois que je tente de soulever est trop pesante. Impossible de me barricader.

Je sors mon clou de ma poche et, avec fureur, je grave mon nom partout sur les murs.

Ici, dans la petite grange abandonnée derrière la maison des Locas, j'essaie de me calmer un peu.

Tous les carreaux des fenêtres sont brisés. C'est normal: tout ce qui est abandonné a toujours quelque chose de cassé. À l'intérieur ou à l'extérieur, peu importe. Moi, c'est mon cœur qui a volé en éclats.

Je me laisse tomber par terre. Je me balance. En avant, en arrière. Les épaules courbées. Le cœur dévasté. Dans ma tête, on dirait qu'il y a une toupie tellement ça tourne vite.

Louis est menteur ! Il veut juste que j'aie l'air ridicule. Carine n'a pas d'enfant. Cette blondinette aux frisettes ne peut pas être sa fille. Impossible, puisque c'est moi. À moins qu'elle soit ma petite sœur. Non. C'est hors de question. Je veux ma mère pour moi toute seule. Comme dans mes rêves. Je refuse de la partager avec qui que ce soit.

De grosses larmes coulent sur mes joues. Mon bonheur est brisé, maintenant. Carine se fout de moi. Pire, elle ne m'a pas reconnue une seule fois depuis mon arrivée. C'est un signe qu'elle ne m'aime pas. Qu'elle a toujours voulu m'oublier. C'est évident. Autrement, elle aurait su tout de suite que j'étais son enfant. Elle m'aurait attendue toute la vie. Et elle ne m'aurait jamais remplacée par une AUTRE. Avec des boudins, en plus. Non. Jamais au grand jamais !

Je serre les poings. Mon cœur s'endurcit.

Je ne veux plus la voir. Elle n'avait pas le droit de me laisser tomber. Pas le droit. Une vraie mère ne rejette pas sa fille. Et elle ne lui crie surtout pas des gros mots devant tous les AUTRES.

Le ciel s'assombrit. Le vent se lève et se faufile par la fenêtre. J'ai la chair de poule.

Si Carine était là, aussi. Au fond, ce n'est pas vrai que je la déteste, mais si elle pense que je vais le lui dire, elle se trompe ! Je suis trop en colère.

En ce moment, elle doit sûrement se remettre de son choc et s'en vouloir de ne pas avoir remarqué que j'étais sa fille. Ce soir, elle va venir me voir pour me serrer dans ses bras. Longtemps, longtemps. Et pour me consoler. Et pour me dire que je lui ai terriblement manqué. Et, surtout, pour me jurer qu'elle va m'aimer très fort, histoire de rattraper le temps perdu. Ensuite, elle va me ramener dans sa maison en haut de la colline. MA maison à moi. C'est Louis, le jaloux, qui va défriser quand il apprendra que

Carine est MA mère. MA vraie de vraie mère.

Je me balance toujours. À m'en étourdir. À en avoir le mal de mer. Le vent, lui, gémit au travers des planches de bois. Désespérément.

Je suis inconsolable.

Mes paupières s'alourdissent. Je m'étends sur le sol, ferme les yeux un instant, à peine quelques minutes et, là, je fais un rêve qui dure une éternité.

Je cours vite. Très, très vite sur la plage. À perdre haleine. Louis vole au-dessus de moi comme une frégate de malheur. Je cours. Il ne faut pas qu'il me rattrape. J'atteins de peine et de misère la mer. Carine est dans l'eau les bras grands ouverts. Quand j'arrive à ses côtés, son visage se transforme. Son sourire disparaît et ses mains se referment sur moi. Elles me soulèvent. Me jettent à l'eau. Ma robe mouchetée est toute mouillée et mon clou sort de ma poche. J'essaie de l'attraper, mais je n'y parviens pas. Aussitôt, un mur s'élève entre nous. Carine s'éloigne, disparaît au large. Je glisse à une vitesse vertigineuse dans un long tunnel liquide qui s'enroule sur lui-même. Je deviens une

vague. Je me fracasse contre les récifs. J'éclate en mille et une larmes. Je n'existe plus. Plus du tout.

La porte s'ouvre. Madame Locas entre tout énervée. Elle me sort de mon cauchemar en criant :

— Où étais-tu passée, Marélie ? Carine a téléphoné durant ton absence. Elle avait peur qu'il te soit arrivé quelque chose. Pourquoi ? Que s'est-il passé ?

J'écarquille les yeux, moins certaine, soudain, d'être sortie de mon rêve. Puis, mue par une pensée consolatrice, je m'assois carré. Carine ! Carine a téléphoné ! Elle... s'inquiétait à mon sujet ! Je n'en reviens pas. J'espère qu'elle n'a rien dit à propos de... de...

Je regarde madame Locas. Je cherche sur son visage l'indice révélateur. En vain.

Pour éviter qu'elle me gronde, je lui raconte un petit mensonge :

— J'étais malade. J'avais mal au ventre. À cause des crevettes. Et du sable, surtout, qui a grafigné mon estomac.

Pas du tout rassurée de l'avoir convaincue, j'analyse ses réactions. Ça va. Elle semble me croire. J'en profite pour ajouter :

— Tu n'as pas le droit de me chi-
caner ! Tu n'es pas ma mère !

La voix de madame Locas se radoucit.

— Allons, Marélie ! Calme-toi ! J'étais
inquiète. À l'avenir, si tu es malade ou
si tu as un problème, appelle-moi ! J'irai
te chercher. Je ne peux pas accepter que
tu manques l'école pour rien.

— Ce n'était pas pour rien ! Et les
téléphones ne courent pas les plages, tu
sauras. Tu n'as qu'à m'offrir un cellulaire,
si tu y tiens tant que ça. C'est tout. Je
suis tannée. Il y a toujours quelqu'un
sur mon dos. Je n'ai pas une carapace
de cinq centimètres, moi, pour me
protéger !

Madame Locas s'avance doucement
comme pour apprivoiser un loup en furie.
Puis, elle se penche et pose sa main sur
mon épaule. Je la retire avec vigueur.

— Ce n'est pas facile de t'aider,
Marélie, quand tu me parles toujours
sur ce ton. Je n'ai pas l'intention de te
réprimander, mais j'aimerais juste que
tu comprennes…

Je la coupe sec. Très sec.

— Pourquoi est-ce toujours moi qui
dois comprendre ? Qui me comprend,
moi ? Hein ? Qui ? Personne. Personne

ne m'écoute. Je suis toujours de trop. Partout où je vais, je suis de trop.

Le dos appuyé contre le mur, je m'enferme dans le silence. À double tour. C'est dans le silence que je contiens tous mes cris.

Avant de partir, madame Locas m'avise :

— Ne rentre pas trop tard. La météo annonce un violent orage.

Je reste dans la grange. Abandonnée. Je ne veux pas retourner dans leur maison.

Plus je pense à Carine, plus ma peine grossit. Si seulement je pouvais être le vent pour m'enfuir au bout du monde.

Je me lève et me dirige vers la fenêtre. De gros nuages se déplacent à toute vitesse. C'est toujours comme ça, dans mon ciel à moi. Il n'y a que des nuages lourds. Menaçants. Qui ressemblent à des troupeaux de bêtes rugissantes.

Je sors. La pluie froide s'abat sur tout mon être et provoque une douce folie dans mon corps. L'espace d'un instant, j'oublie Carine, Louis et Julie. Je chante. Je danse. Je cours. Je hurle plus fort que le tonnerre. L'eau nettoie mes idées noires.

Les petits bonheurs, c'est comme les couchers de soleil : il faut se précipiter vers eux quand ils arrivent. Même en plein malheur. Car ils disparaissent vite.

Alertée par mes cris, madame Locas m'oblige à rentrer immédiatement. Elle est convaincue que je vais attraper la grippe si je reste dehors sous la pluie. Elle ne comprend rien à rien. Les animaux n'ont jamais de grippe, eux. C'est vivre enfermé dans une maison qui rend malade.

Je rentre à contrecœur. Les poings serrés. Je m'assois sur la chaise berçante près du poêle à bois qui crépite. Monsieur Locas tente d'intervenir. Madame Locas le retient. Je ne comprends plus rien, mais je me berce quand même. En le regardant droit dans les yeux. Avec mes silences qui parlent. Avec mes silences qui crient. Du bout des pieds, je me donne des élans. Pour aller plus vite. Pour aller plus fort. Trop fort. Je bascule. Renverse. Tombe tête première sur le plancher.

Monsieur Locas est dans tous ses états. Il crie :

— Je te l'avais dit, aussi !

C'est le bouquet! Il ne se préoccupe même pas de savoir si je me suis blessée ou non! C'est SA chaise avant tout! Je suis une moins que rien à ses yeux. Cette fois, c'est décidé : j'appelle ma travailleuse sociale.

Je me relève en me frottant la tête.

Sous les yeux inquiets de madame Locas, j'apporte le téléphone dans ma chambre et je claque la porte derrière moi.

Je signale. Je raccroche. J'ai chaud. Si Suzanne vient me chercher, je ne reverrai plus jamais Carine. La mer non plus. Et où vais-je échouer, encore?

Au fond, c'est mieux ainsi. Pourquoi, tout à coup, je resterais plus longtemps quelque part? Surtout quand on ne veut pas de moi, même ma propre mère.

La mort dans l'âme, je compose le numéro de nouveau.

— Suzanne! C'est... c'est Marélie! S'il te plaît, viens me chercher! Ils sont méchants avec moi! Dépêche-toi! Je n'en peux plus.

Suzanne insiste pour que je lui explique ce qui se passe. Je refuse.

Elle sera ici demain. Contrariée et de mauvaise humeur, c'est sûr, mais elle me l'a promis. Elle s'occupera des AUTRES une autre fois. Aujourd'hui, c'est mon tour. Ça presse. Je dois partir au plus vite.

Je construis un barrage avec mes couvertures et je me glisse sous le drap. Il est froid. Glacial comme la mer, hier. Je grelotte. Claque des dents. Je n'arrive pas à m'endormir. Toutes mes pensées dérivent vers Carine.

Je la déteste. En même temps, je l'aime. J'aurais voulu ne jamais la perdre. La garder pour moi toute seule. Me réchauffer, ce soir, contre son cœur. La vie n'est vraiment pas bonne pour moi.

Demain, à la même heure, je serai loin. Très loin. Ailleurs. Nulle part. Et je ne la reverrai plus.

Si seulement je n'avais pas brisé son collier de perles. J'aurais pu rapporter un souvenir, au moins.

Dans mon cœur, un vide profond s'installe. Plus profond que l'océan. Plus profond que l'univers. C'est sûr, je ne pourrai pas m'en remettre. Des vides comme celui-là, ça ne se remplit jamais.

Je pleure sans fin.

Au milieu de la nuit, je me lève et regarde par la fenêtre.

Dehors, les nuages ont disparu comme par magie. Je peux admirer les étoiles. L'une d'entre elles traverse le ciel sans s'arrêter. Elle file, comme une éperdue, sans savoir où elle va. Je suis certaine qu'elle recherche sa mère, elle aussi.

Elle me ressemble. Elle est une étoile qui passe incognito dans cet univers de malheurs. Oui. Une toute petite étoile filante, échevelée, avec maintenant une prune derrière la tête.

Au revoir, la mer !

J'ai lancé mon sac vert dans l'auto de Suzanne. Depuis plus d'une heure, elle parle avec monsieur et madame Locas dans la cuisine. J'ai hâte qu'elle arrête son commérage. Je veux partir au plus vite. J'ai déjà les mains moites et des crampes dans le ventre.

Je cueille une marguerite, avec sa racine, pour l'apporter avec moi. Ainsi, je pourrai la replanter. Autrement, je le sais, elle ne pourra pas survivre. À cause du manque d'eau. Du manque d'air. Du manque d'amour. Encore plus catastrophique : elle ne pourra pas s'agripper dans la terre afin de s'y installer pour de bon. Je le sais, je n'ai pas de racines sous mes pieds. C'est la galère. Je suis toujours ballotée à gauche ou à droite. Et, chaque jour, je meurs un petit peu par en dedans.

Je songe à Carine. Elle n'est pas venue hier. Ni ce matin. C'est clair : elle m'en veut. Je m'en doutais bien. Je suis convaincue, maintenant, qu'elle souhaitait ne plus jamais me revoir de sa vie. Dès ma naissance, elle a dû placer une grosse croix sur moi. C'est évident. Sinon, elle serait à mes côtés, en ce moment.

Elle ne m'a jamais aimée. Et elle m'abandonne encore.

Cette fois, c'est fini. J'aurais voulu qu'elle demeure dans mes rêves. Comme avant. Avant qu'elle apparaisse dans ma vie. Dans ma tête, au moins, elle était à l'abri des Louis, Julie et compagnie. Elle ne pouvait pas être méchante. Impossible.

Aujourd'hui, je me retrouve seule. Deux millions de fois plus seule qu'avant.

Si seulement Carine était venue me consoler.

Si seulement elle m'avait téléphoné avant que je parte.

Tout s'écroule.

J'avance sur la plage. Les vagues vont et viennent. S'agitent. Elles se bousculent les unes et les autres pour être les premières à venir me saluer.

— Au revoir, la mer! Un jour, je reviendrai te voir. C'est promis! En attendant, prends soin des tortues et des milliers de poissons orphelins! Ils ont besoin de toi pour les bercer.

Ma gorge se serre. Une larme glisse sur ma joue et mon dos s'arrondit. Au fond, c'est préférable d'être comme les tortues et de ne jamais retrouver sa mère. Ça ne vaut pas la peine. Ça fait trop mal pour rien.

Une main se pose sur mon épaule. C'est Suzanne. Elle me sourit comme si elle était contente. Pourtant, à son arrivée, elle n'avait pas l'air de bonne humeur. On aurait dit qu'elle avait bougonné tout le long du trajet, en pensant à moi, son «cas problème».

Elle me dit:

— Viens, Marélie! Allons nous promener un peu!

— Mais... je veux partir tout de suite!

— Tu ne pars pas. Il n'en a jamais été question.

Je la regarde, inquiète.

— Qu'est-ce que tu racontes? Je refuse de rester plus longtemps ici!

— Je sais tout, Marélie. Tout, au sujet de Carine.

Mon cœur s'arrête de battre. «TOUT»? Qu'est-ce que ça veut dire? Qui lui a parlé de Carine?

Elle m'annonce froidement et sans ménagement:

— Carine n'est pas ta mère.

Je bouche mes oreilles et j'enfonce mes pieds dans le sable. Je veux disparaître. Être complètement recouverte comme les tortues abandonnées.

La colère monte soudain, de mes orteils à ma tête comme une lame de fond. Elle n'a pas le droit de dire ça. Qu'est-ce qu'elle en sait, elle, de ma mère? RIEN! Absolument rien! Les travailleuses sociales sont toutes pareilles: elles pensent tout savoir avant même de poser des questions aux enfants. La vraie vérité, c'est moi qui la connais. Pas elle. Et je la lui révèle:

— Carine est MA mère! Ma vraie de vraie mère! Et pas besoin d'explications, de baptistaire et de tout le tralala pour le prouver ! Ça se sent, ces choses-là !

— Écoute, Marélie ! Viens t'asseoir ! Il faut qu'on se parle.

— Je refuse de t'écouter ! C'est à toi de le faire ! Tu es comme toutes les AUTRES ! Tu veux me torturer ! Me laisser croire que Carine n'est pas ma mère, alors que tu sais très bien qu'elle l'est ! C'est... c'est révoltant ! Je ne te laisserai pas raconter de tels mensonges !

— Je suis désolée, mais c'est la vérité. Et je regrette, mais je suis obligée de t'annoncer, aussi, que tu ne rentres pas avec moi. Tu restes ici.

Je bondis et hurle à pleins poumons :

— Qu'est-ce que ça veut dire ? Tu es venue exprès pour me ramener ! Tu ne peux pas repartir sans moi ! Je veux m'en aller tout de suite !

— Inutile d'insister. Monsieur et madame Locas tiennent absolument à te garder. Ils t'aiment beaucoup, tu sais. Et je suis convaincue que c'est la famille idéale pour toi.

— Ce n'est pas vrai ! Personne au monde ne peut m'aimer ! Personne.

— Ça t'étonne, n'est-ce pas ? Tu es beaucoup plus aimable et attachante que tu ne le crois, Marélie. Même que tu es adorable.

Je pleure un petit peu. Par en dedans, bien sûr. Pour lui cacher qu'au fond, je suis touchée. Très touchée. Mais pas question de le lui avouer. Il faut absolument qu'elle ne se doute de rien.

Je m'écrie :

— Je ne resterai pas une minute de plus chez ces crevettes pincées. C'est pour me consoler que tu dis que les Locas m'aiment. Mais c'est faux. Monsieur Locas m'empêche de me bercer et sa femme me fait travailler dur comme Cendrillon. Ce sont des monstres.

Suzanne éclate de rire. Je serre les dents. Elle ne me croit pas. Comme d'habitude.

— Voyons, Marélie ! Je pense que tu exagères un peu. Selon madame Locas, tu sembles avoir beaucoup plus de plaisirs que de corvées. Elle est même étonnée de ta grande facilité d'adaptation.

À mon avis, Suzanne tente encore de me flatter. Technique très connue pour ne pas m'écouter et ignorer mes plaintes. Elle fait semblant que tout va pour le mieux. Je suis quand même bien

PLACÉE pour être au courant de ce que je vis. Je réplique :

— Tu n'habites pas ici pour comprendre ce qui se passe ! Et tu n'es pas dans ma peau pour savoir si je me sens bien ou non ! J'en ai assez d'avoir tout le monde sur mon dos ! Emmène-moi ailleurs ! Je ne veux plus rester ici !

Suzanne ne répond pas. Elle relève la tête. Sourit.

— Tiens ! Regarde qui vient là !

Je regarde dans la direction qu'elle montre. Mes joues s'enflamment.

Je murmure :

— C'est... c'est Ma... ma...

Carine court sur la plage. Elle crie quelque chose. Je n'entends pas. La mer enterre ses mots avec son bruit d'enfer.

Suzanne se penche et me glisse dans le creux de l'oreille :

— Va la rejoindre ! Vous avez sûrement beaucoup à vous raconter. Moi, je dois retourner voir les Locas avant de partir. Je te laisse, Marélie ! Prends bien soin de toi. Appelle-moi, si tu le désires ! Tu peux m'écrire aussi. Je te l'ai déjà dit.

— Mais... je...

— Désolée ! Tu dois rester ici. C'est ta place. Dans quelques jours, tout ira

mieux. Les Locas ne t'en veulent pas.
Ils sont même très heureux de t'avoir
avec eux.

— Mais... mes affaires dans ta voiture!

— Ne t'inquiète pas, ma chouette, je
m'en occupe! Je t'appelle demain, dès
que je le peux.

Suzanne me tapote gentiment le dos
et s'en va.

Elle a dit «ma chouette» pour mieux
me laisser tomber. Pour mieux se débar-
rasser de moi, j'en suis convaincue.

Je regarde vers la maison des Locas
en haut de la colline. Je n'ai plus le choix.
Je dois rester chez eux. Peut-être qu'ils
ne sont pas si méchants, après tout. Ils
m'aiment peut-être un petit peu... À
moins que ce soit un mensonge de
Suzanne pour m'obliger à rester ici.

Je me retourne. Carine est là, tout
près. J'entends son souffle court. Elle
ouvre grand ses bras. Je m'y précipite
comme si je me jetais les yeux fermés
dans le bonheur. Elle me serre très fort
contre elle. Je sens son cœur battre.
Enfin, je suis avec ma mère. Maintenant,
plus rien ne pourra nous séparer. Nous

sommes rivées l'une à l'autre, à la vie à la mort.

La mer s'étend doucement à nos pieds. Et je deviens une île, une toute petite île qui émerge de la fureur d'un volcan.

7

Pour toujours

Carine s'assoit dans le sable et je m'installe sur ses genoux. Je reste longtemps collée, collée tout contre sa poitrine. Son cœur bat très fort.

Elle me donne un nouveau collier de perles et me promet d'aller à l'animalerie m'acheter une tortue. Une vraie de vraie tortue.

En retour, je lui offre ma petite marguerite et un premier bisou sur sa joue ronde.

Parce qu'elle est revenue.

Parce qu'elle m'aime.

Parce qu'elle tient à moi.

Le cœur débordant de joie, je lui murmure à l'oreille :

— Je veux rester avec toi pour toujours. Emmène-moi dans ta maison. Dans NOTRE maison.

Elle semble surprise.

— Allons, Marélie ! Je ne peux pas ! Ce n'est pas...

Je la supplie un peu.

— On va regarder la mer, les couchers de soleil et les bateaux passer. Ensemble. Juste toi et moi.

Carine saisit mon menton entre ses doigts et le relève. Elle plonge son regard poudreux dans le mien. Je lui fais aussitôt mes yeux papillons pour la faire rire. Les mamans aiment ça, d'habitude. Mais son visage demeure sérieux. Elle prend soudain une grande respiration, comme si elle allait plonger dans l'eau froide, et elle me dit :

— Tu sais que j'ai une fille...

Si je le sais ! Voyons ! A-t-elle besoin de me le rappeler ? C'est la pire des catastrophes. Je serre les dents. Pourquoi me parle-t-elle d'elle ? On est pourtant bien, là, toutes les deux.

— J'ai eu beaucoup de peine, samedi. Je ne savais pas que tu étais orpheline. Personne ne me l'a dit. Même le directeur de l'école a omis de m'en parler. Il était très surpris. Il était certain de m'en avoir glissé un mot quand il m'a annoncé ton arrivée. Puis, il s'est souvenu qu'il attendait la visite du maire, cette journée-là, pour un projet d'aménagement de la cour.

Je regarde au loin. Car être si près et l'entendre me raconter tout ça crée une inondation de larmes dans mon cœur. J'ai besoin d'une distance pour me ressaisir. Pour m'éloigner un instant de ses paroles qui entrent en moi avec leurs cargaisons de chagrins.

— J'aurais adoré être ta mère, mais je... je ne le suis pas. Malheureusement pas, Marélie. Tu comprends?

Je ne veux pas la croire. Encore moins comprendre. Allons donc! Carine ne peut pas le nier. Elle ne me reconnaît pas. C'est tout. À cause de mon nom, de mes cheveux noirs et de mes yeux verts. Mais en dedans, c'est pareil, pareil. On a le même sang qui coule dans nos veines. Et, surtout, la même belle imagination. Ce n'est pas rien, ça.

Je me risque, malgré tout, à lui dire:

— C'est parce que tu ne t'en souviens pas.

— Ah! ma petite Marélie. Ces choses-là, on ne peut pas les oublier. Encore moins les inventer.

— Oui, mais il arrive parfois que l'on soit très, très, très malade. Au point d'en perdre la mémoire.

Un petit sourire apparaît au coin de ses lèvres. Elle me dit :

— Ce n'est vraiment pas le cas.

— Tu en es bien sûre ?

— Aussi sûre que je suis là, avec toi.

J'insiste :

— Très, très sûre et certaine ?

— Oui, Marélie. Je sais que ça te déçoit beaucoup.

Malgré toute l'évidence qui commence à se pointer le nez, je persiste :

— Et si c'était parce qu'il y a eu une erreur dans les papiers et...

— Je me souviendrais de la grossesse et de l'accouchement, tu sais. Ce sont des événements que l'on ne peut absolument pas oublier, je t'assure.

— Oui, mais...

— Bon. Toute cette discussion n'a aucun sens. Tu imagines un scénario qui n'existe pas. Tu dois accepter le fait que je ne suis pas ta mère et...

Je ne lui laisse pas le temps de poursuivre. Je m'écrie :

— Jure-moi que Julie est le seul bébé que tu as mis au monde !

Carine soupire, me jette un air découragé, et finit par dire d'un ton affirmatif :

— Je te le jure.

Je ne lâche pas mon bout.

— Sur la tête de...

— Sur toutes les têtes du monde.

Le temps de bien, bien saisir toute la portée de ses propos, mon cœur chavire comme une barque sur la grève après une grosse tempête. Des larmes jaillissent aussitôt sans que je puisse les contenir. Je pleure, pleure et pleure. Tout ce qui coulait en dedans sort en torrent. C'est trop injuste. Trop difficile à encaisser comme nouvelle, même si je commençais à m'en douter un tout petit peu. Mais tant que ce n'était pas officiel, officiel, Carine était ma mère. Point à la ligne. Et là, je suis obligée de la croire sur parole, car je n'ai pas de vraie preuve.

Carine me garde longtemps dans ses bras. Elle me console. C'est doux. C'est chaud. La mer nous berce.

J'en profite pour lui raconter, avec ma voix la plus triste au monde, mes mésaventures dans les foyers. On dirait que la tête appuyée contre sa poitrine, comme ça, c'est plus facile à relater.

Il faut dire que j'en ai gros sur le cœur, parce que je n'ai jamais révélé mon histoire à personne. Jamais, jamais. Elle est trop triste. Mais pour elle, juste pour elle, je fais le récit de toute mon épopée de tortue. Carine m'écoute jusqu'à mon dernier mot et je me sens très importante à ses yeux.

Tout doucement, le va-et-vient des vagues et le souffle de Carine m'apaisent. Je voudrais rester là des lunes et des lunes, près de son cœur, mais au bout d'une heure, Carine me dit :

— Viens, allons marcher sur la plage un peu. On va se dégourdir les jambes.

Nous nous promenons main dans la main. Les mouettes nous suivent. Même un aigle pêcheur plane au-dessus de nous. On dirait qu'il nous épie. Un vrai Louis avec des ailes.

Pour éviter de replonger dans les souvenirs qui me tordent le cœur comme une guenille, je décide de parler à Carine de mes longues recherches pour la

retrouver, elle, que je croyais dur comme fer être ma mère. Elle qui vivait dans mes rêves et qui lui ressemble comme deux gouttes d'eau. Elle que j'ai toujours gardée précieusement en moi pour ne jamais la perdre.

Pour prolonger cet instant de bonheur et de confidences avec elle toute la vie, je lui demande :

— S'il te plaît! Veux-tu m'adopter? On restera ensemble. Pour toujours.

Je m'agrippe à son bras et ne le lâche pas. J'ai peur de la perdre. Je rajoute :

— On fera semblant que tu es ma vraie de vraie mère. Ce sera facile pour moi. Tu es déjà dans mon cœur. Dans mes pensées. Dans mes rêves.

Carine passe sa main dans mon dos sans dire un mot, puis joue dans mes cheveux. Je la supplie :

— Dis-moi que tu vas m'adopter et que je serai avec toi pour toujours! Toujours, toujours, toujours.

Elle s'arrête et reste silencieuse de longues et trop pesantes minutes. Je comprends tout de suite. Les silences, je sais trop bien ce qu'ils veulent dire, parfois. Et, celui-ci, il veut dire que jamais elle ne me prendra chez elle.

Elle me répond de sa voix plus douce que la peau d'un dauphin :

— Je crois que tu connais la réponse, n'est-ce pas, Marélie ? Mais rien n'empêche, pour autant, que je sois là pour toi, à l'occasion.

— À l'occasion ! Mais ce n'est pas assez, ça ! Je veux que tu sois là pour toujours. TOU-JOURS.

— Bon. Écoute. Je te donne la permission de venir me voir à la maison, après l'école, si tu le désires. Tu pourras passer une heure avec moi, les jours de la semaine, mais pas les fins de semaine. À la condition, aussi, que les Locas soient d'accord.

— Ils sont d'accord.

— Non. Je veux que tu le leur demandes et que tu leur dises de m'appeler à ce sujet. Je veux aussi que ce soit bien clair : je ne pourrai pas te garder à dormir. C'est entendu ?

— Oui. Oui. Oui.

Je sautille de joie autour d'elle. Elle me donne son adresse et, même si tout le monde sait où elle habite, je suis la seule qui peut y aller. JUSTE MOI. Pas les AUTRES. C'est interdit. Louis

Desjardins devra s'y faire. C'est comme ça. Les maîtresses d'école sont incapables de recevoir tous les élèves dans leur maison. C'est impossible. Elles ont des secrets à garder. Et comme je suis différente des AUTRES, très, très différente, c'est pour ça que j'ai des privilèges. Ça compense pour le reste.

Elle rajoute que je suis très chanceuse d'habiter chez des parents aussi formidables que les Locas.

Parents! Elle exagère en mautadine! Mais je fais comme si je n'avais rien entendu. Je suis tout à mon nouveau bonheur qui s'écrit en quelques mots: visiter Carine après l'école. Julie-boudins dormira sûrement à cette heure-là. Alors, j'aurai Carine pour moi toute seule.

Elle m'annonce en primeur qu'elle a deux chaises berçantes et une balancelle dans son jardin. Le paradis, quoi!

— Et on sera les meilleures amies du monde?

Elle répond que ça pourrait être possible. Mais je me méfie quand même. Elle risque de se tanner de moi, à la longue. Et puis, elle peut disparaître du jour au lendemain. Ne plus revenir. Je n'ai jamais connu ça, quelqu'un qui désire être mon ami pour la vie. Non. Ceux qui le prétendent me larguent à la première occasion. C'est de la trahison plus grande que l'univers.

Les pieds dans l'eau, on marche jusqu'au quai.

— Aimerais-tu avoir un cornet de crème glacée?

— Ouiiiiiiiiiiiiiiiiiiiii!

— À quelle essence?

— Toutes les sortes mélangées.

— Mais non, Marélie! Ce n'est pas possible. Veux-tu au chocolat? Aux pistaches? Aux cerises?

— Hum! Non. À la praline. Ma saveur préférée.

— Il y a une bonne file d'attente. Reste ici. Je vais aller les chercher. Tu vas pouvoir regarder les bateaux et les voiliers, ce sera plus intéressant pour toi. Tiens, prends ce petit cahier et ce crayon, si tu veux dessiner un peu.

— Oh! Il est beau! C'est... un cadeau?

— Oui. Amuse-toi! Je reviens, ce ne sera pas long.

Je la regarde s'éloigner comme si elle était ma vraie de vraie mère et qu'elle partait en voyage pour un long séjour.

Et si elle ne revenait pas ! Et si elle m'oubliait ici !

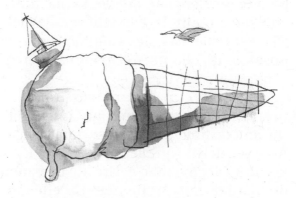

8

Un beau grand bateau

Le soleil réchauffe mon bras et ma cuisse gauches. J'ai chaud.

Assise sur une large branche délavée, à côté du quai, j'attends toujours Carine sur la plage. Je l'attends avec nos gros cornets de crème glacée. J'ai hâte. J'en salive déjà. Ça fait bien trois longues minutes qu'elle est partie et je suis incapable de détacher mon regard d'elle.

Je la fixe. Ne la lâche pas des yeux. J'observe ses moindres gestes, ses moindres réactions. Elle réajuste sa jupe de coton fleurie, replace une mèche blonde derrière son oreille, fouille dans son sac à main, lève la tête vers le ciel. Elle est belle. Si belle. Comment est-ce possible qu'elle ne soit pas ma mère? J'ai tant de peine.

Elle jette un regard vers moi et m'envoie la main en souriant. Aussitôt, un vent de fraîcheur caresse mon visage. Avec ses doigts, qu'elle fait marcher dans les airs, elle me dit d'écrire, de dessiner ou d'aller me promener. Et elle me montre les bateaux.

Je réponds oui de la tête et décide d'aller flâner.

J'ai à peine fait une dizaine de pas que je me retourne pour voir si Carine est toujours là. Oui. Elle est toujours là.

Je déambule sur le quai qui ballotte sous mes pas. D'un côté, il y a le port de pêche et de l'autre, le port de plaisance.

Je serre très fort mon crayon et mon calepin au cas où un coup de vent me les arracherait des mains et les ferait s'envoler. S'il fallait qu'ils tombent dans la mer!

J'observe l'ombre des bateaux, des chalutiers et des voiliers trembloter sur l'eau. C'est si drôle. Leur nom flotte à l'envers, la tête des lettres par en bas.

Je décide d'en noter le plus possible dans mon calepin. D'ici quelques jours, je ferai une superbe composition pour Carine avec ceux que je préfère.

Mon nouveau crayon à mine, jaune autobus scolaire, court sur la page: «Nomade, Couline, Boréale, Loup-de-mer, Errante, Silencieuse, Oh! Hisse, Vague-à-l'âme, Le vagabond, Flot bleu, Aventurière, Mouton blanc, La Bohémienne, Partons-la-mer-est-belle, Aquarelle, Valseuse, Océange, Pirate-de-mer».

C'est beau en mautadine. Et, à ce train-là, ma liste sera plus longue qu'une autoroute.

Rendue au bout, le quai tourne à droite ou à gauche vers les plus gros bateaux.

Avant de virer à bâbord, je vérifie où Carine est rendue dans la file d'attente. Encore cinq personnes devant elle. Que se passe-t-il, aujourd'hui? Pourquoi y a-t-il autant de monde? Il ne fait pourtant pas quarante degrés Celsius!

Puis soudain, oh! malheur. Pas lui! Je vois Louis dévaler la pente et se diriger vers Carine en courant. Il se plante devant elle et lui parle. À le voir sourire de toutes ses dents et minauder autour d'elle, il sait que je le regarde, c'est sûr. Il essaie de me montrer à quel point il est important à ses yeux. Autrement dit, il tente de me la voler.

Je rage. Je bouille. Je ne veux pas qu'il se joigne à nous. Carine est avec moi. Et on a encore des milliards et des milliards de choses à se dire.

Qu'est-ce que je vais faire?

Une mouette, criant et tournoyant au-dessus de la crémerie, me donne la réponse. Elle laisse tomber sa fiente sur la joue de Louis qui hurle aussitôt de dégoût. Furieux, il refuse le mouchoir de Carine et court vers la plage.

Bon débarras!

Rassurée, je continue sur le quai en écoutant le cliquetis des mâts et des bastaques au vent. Le chant des voiliers est celui que je préfère. Après celui des vagues, bien entendu.

Je reprends ma liste et note les noms, l'un en dessous de l'autre, comme si c'était une liste d'épicerie : « Le Robinson, Le Marco-Polo, « Le Robin-des-mers », Le... le... »

Je fige net.

Devant moi, dans un rayon de soleil qui me fait cligner des yeux, apparaît un magnifique bateau. C'est le plus beau, le plus grand, le plus majestueux que j'aie jamais vu de toute ma vie.

Je m'approche pour l'admirer. Plus près. Encore plus près. Je suis incapable de m'en détacher tant il m'impressionne. Non. Il n'est vraiment pas comme les autres.

Mon cœur se met soudain à battre à une vitesse folle. Que se passe-t-il? Mes yeux s'embrouillent. Est-ce que je rêve? Non. Ça ne se peut pas! Sur la coque, là, juste en avant, à la vue de tous et de toutes, c'est écrit en grosses lettres, bleu sur blanc:

Marélie de la mer

Je me frotte les yeux. Me pince. Pivote sur moi-même. Me tourne vers Carine. Essaie de voir si elle revient. Me retourne de nouveau. Rien à faire. Mon nom est toujours là, gravé sur le bateau.

Mais... mais qu'est-ce que ça signifie? Ça ne se peut pas. Je vais m'écrouler.

Je balaie le pont du regard et j'aperçois le capitaine, debout, le dos tourné, un câble à la main. Il a l'air tout-puissant avec ses gros bras et sa casquette.

Je suis hypnotisée, certaine de l'avoir déjà vu quelque part.

Sentant ma présence, il se retourne doucement. Tout doucement. Comme dans un film au ralenti. Son visage m'apparaît. Beau, avec une grosse barbe noire et des yeux bleus pétillants. Mon sang court dans mes veines. C'est lui! Oui, c'est lui qui se promenait, depuis quelques jours, sur la ligne d'horizon! Ça alors! Il me cherchait! C'est sûr! Il a parcouru la terre entière avec mon nom dessus dans l'espoir de me retrouver.

J'avance comme attirée par un aimant.

Il me sourit. Me lance un clin d'œil. À moi. Juste à moi. Je suis toute remuée. C'est normal parce que devant mes yeux, oui, devant mes yeux, se trouve mon père. Mon vrai de vrai père.

Et il est pareil.

Pareil, pareil comme dans mes rêves…

Table des matières

Photographe : Didier Leclerc

Linda Brousseau

Bien connue pour ses contes et ses romans pour la jeunesse à caractère familial et psychosocial, Linda Brousseau s'est vu décerner le Prix littéraire Desjardins jeunesse 1994 pour ce premier roman. Malgré les thèmes souvent difficiles qu'elle explore dans ses romans, ses histoires sont toujours adoucies d'une touche d'humour et d'une bonne dose de sensibilité.

Derniers titres parus dans la
Collection Papillon

Illustration : Gabrielle Grimard

Ce livre a été imprimé
sur du papier enviro 100 % recyclé.

Nombre d'arbres sauvés : 3

Ensemble, tournons la page sur le gaspillage.